KB104764

철

침

김옥 소설 · 김응지 그림

창비

침

작가의 말

1

시훈이는 까치집 지은 머리를 휘날리며 자전거 페달을 밟았다. 마을로 돌아가는 길이었다.

모든 게 하룻밤 사이의 일이었다. 자정 무렵 이장 할아버지의 긴급 방송과 함께 군인들이 들이닥쳤고, 마을 주민들과 군용 트럭에 실려 군민 체육관으로 대피해 어수선한 한뎃잠을 자야 했다. 그 순차적인 기억들 중에 현실감이 드는 일은 아무것도 없었다. 하지만 모든 게 사실이었다. 멋대로 곤두선 정수리의 머리카락과 할머니가 잠옷으로 입으라며 읍내 오일장에서 사다 준 장미 무늬 일 바지가 그 증거였다. 원래 시훈이는 마당에 빨래를 걷으러 갈 때조차 스타일을 완벽하게 하고서야 현관문을 여는 아이였다. 재난 상황만 아니었다면 목에 칼이 들어와도 이런 꼴을 하고서 바깥바람을 쐬는 일은 없었을 것이다.

정확한 내막은 모르지만 오밤중에 주민들을 대피시켜야 할 만큼 마을에 큰일이 벌어진 게 틀림없었다. 하지만 시훈이는 동네로 돌아가야 했다. 망할 놈의 늄늄이 때문이었다. 늄늄이는 동생 시아의 애착 담요 이름이다. 지금 시아는 늄늄이를 가져오라고, 자체 데시벨을 분 단위로 갱신하며 울부짖는 중이다. 간밤에 잠든 시아만 달랑 들쳐 업고 군용

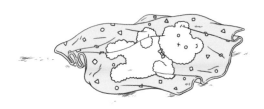

트럭에 올라탄 게 화근이었다. 다섯 살 시아는 작년부터 애착 담요와 물아일체 상태였는데, 그걸 깜빡하고 말았다. 군인들이 재촉한 탓도 있었지만 긴급 상황에선 할머니와 시아만 챙기면 된다고 너무 쉽게 판단한 것이다. 시아가 체육관이 떠나가라 울어 대는 통에 동네 사람들은 다들 잠을 설쳤고, 날이 밝자마자 할머니가 시훈이의 등을 떠밀었다.

"니는 자슥아, 동생 담요부터 챙겼어야지. 지금이라도 갖고 오이라, 퍼뜩!"

그렇게 시훈이의 아침 질주가 시작된 것이었다.

동네 노인들 말로는 전생의 원수들이 부부로 다시 태어난다는데, 늦둥이 동생과 오빠는 전생에 무슨 사이였을까. 시훈이는 가끔 그런 생각을 하곤 했다. 전생에 시아에게 큰 죄를 지은 게 틀림없다고 말이다. 어쩌면 흉년이 든 어느 해 보릿고개에 시아의 마지막 주먹밥을 훔쳐서 달아났는지도 모른다. 그 정도 전생의 죗값이 아니고서는 늦둥이 동생을 돌보는 고초를 설명할 길이 없었다.

시훈이는 마침내 비슬 마을 진입로에 다다랐다. 하지만 마을로 들어가는 유일한 길에 족히 10미터는 돼 보이는 철제 장벽이 가로막고 있었다. 장벽 위에는 커다란 바람개비 여남은 개가 높낮이를 달리하며 설치되었고, 군인 둘이 리프트 작업대에 올라타고 장벽 너머를 관찰하고 있었다. 그리고 군용 트럭 두 대가 그 옆을 호위하듯 버티고 있었다. 시

훈이로선 도무지 영문을 알 수 없는 상황이었다.
비슬 마을에 군인이라니!

비슬 마을에 아예 내려와 지낸 지는 반년밖에
안 됐지만 그전에도 명절마다 할머니를 보러 왔기
때문에 시훈이도 이 동네 분위기쯤은 대충 알고 있
었다. 성당지기 할아버지의 막내딸인 청아 이모가
비슬 상회에서 쌀을 훔치다 걸린 일이 최근 15년간
이 동네의 유일한 범죄라면 범죄였다. 물론 논이
스무 마지기나 있는 성당지기 할아버지의 딸이 뭐
하러 남의 집 쌀을 훔치려 했는지는 피의자인 청
아 이모가 입을 다물어 버리는 통에 끝내 밝혀지지
않았다고 한다. 그 미제 사건을 제외하면 비슬 마
을은 평화롭다 못해 무료하기 짝이 없는 동네였다.
그런데 저 장벽이며 군인들은 다 뭐란 말인가?

"거기 일 바지! 뭐 하러 왔어?"

리프트 작업대에 있던 군인 하나가 턱 끝으로 시훈이를 가리켰다.

"집에 뭐 좀 가지러 왔는데요."

"설명 못 들었나? 여기 출입 통제 상태야."

어젯밤 체육관까지 따라 들어온 군인 하나가 날이 밝으면 이번 일에 대해 상세히 알려 주겠다고 약속을 하긴 했다. 하지만 시훈이는 날이 밝자마자 동네로 달려오느라 설명을 듣지 못했다.

"며칠 전에 살포한 제초제에 문제가 좀 있었다. 지금 오염된 흙을 제거하는 중이야. 작업에 이 주 정도 걸린다니까 그전에는 아무도 못 들

어가. 몰래 들어갔다가 발각되면 무슨 일이 벌어질지 모른다."

"아…… 네."

시훈이는 얼른 자전거를 돌렸다. 군인의 으름장보다 더 강한 경고음이 시훈이의 머릿속에 울렸기 때문이다. 상대가 감추려는 비밀에 굳이 다가가려 하지 말 것! 그건 엄마 아빠의 지난날이 시훈이에게 남긴 방어 기제였다.

아빠는 회사의 비리를 언론에 제보한 내부 고발자였다. 엄마는 아빠가 내부 고발자가 아니라 공익 제보자라고 몇 번이나 고쳐 주었지만 이거나 그거나! 결국엔 남의 비밀을 파헤치느라 자기 가족을 흩어지게 만들지 않았나. 내부 고발인지 공익 제보인지 모를 그 사건 이후로 엄마 아빠는 사 년 가까이 소송을 벌이다가 올해 초 미얀마로 떠났다. 시훈이와 시아를 시골 할머니 댁에 맡기고서 말이다. 미얀마에서 새 터전을 잡고 데리러 오겠다고 했지 민 그게 언제가 될지는 아무도 모르는 일이었다.

시훈이는 군인의 말을 믿지 않았다. 오염된 흙을 제거한다고 했지만 흙을 실어 나를 덤프트럭은 보이지 않았다. 설사 마을에 덤프트럭이 있다 쳐도 장벽에는 트럭이 드나들 만한 출입구가 없었다. 게다가 제초제가 위험하다는 사실이 밝혀졌다고 해서 이미 며칠간 제초제에 노출된 사람들을 굳이 오밤중에 마을 밖으로 몰아낸 것도 수상했다. 하지만 뭐가 됐건 이 주 후면 끝날 일이었고, 마침 여름 방학 기간이라 부담도 덜했다. 시훈이는 사건의 진상에는 관심이 없었다. 어른들 세계의 꿍꿍이 따위 알 게 뭐람. 긁어 부스럼을 만드는 일은 시훈이가 아니라 엄마 아빠의 악취미였다. 시훈이는 힘껏 페달을 밟으며 동네를 등지고 달렸다.

하지만…….

시아는 엄마 아빠를 미얀마로 보낸 어른들과 저 군인들을 합친 것만큼이나 막강한 존재였다.

내 놈놈이! 시아 놈놈이 필요해!

시아의 목소리가 머릿속을 쨍하니 훑고 지나갔다. 동생의 애착 담요를 챙기지 못한 자에게 물러날 곳은 없었다. 아, 젠장!

2

강변 자갈밭에 다다른 시훈이는 캑캑거리며 강

물을 토해 냈다. 체감상 강물을 3리터는 마신 듯했다. 비슬 마을은 유일한 진입로를 제외하고는 삼면이 강으로 둘러싸인 마을이다. 폭이 10미터쯤 되는 샛강이 마을의 서쪽과 북쪽을 지나 동쪽으로 돌아나갔다. 비슬반도, 짝퉁 하회 마을 따위의 별명이 괜히 생긴 게 아니었다.

시훈이는 다리를 건너 마을의 서북쪽 강기슭에 도착한 다음, 물살을 타고 마을 동쪽 강변까지 떠내려온 터였다. 강물은 생각보다 차가웠고 듣던 대로 물살이 셌다. 비슬 마을을 포물선 모양으로 휘돌아 흐르는데도 강물의 물살이 센 이유를 두고 노인들은 호랑이가 흡연하던 시절의 전설을 두어 개 공유하는 모양이었다. 하지만 시훈이 생각은 달랐다. 워낙 지루하고 눈요깃거리도 없는 마을이다 보니 강물도 후딱후딱 지나쳐 가는 것이리라.

그러나 오늘 시훈이는 그 가설을 수정해야 할 것 같았다. 하룻밤 새 비슬 마을이 아주 딴판으로 변해 버렸으니까. 오늘만큼은 그 누구도 비슬 마을을 그냥 지나칠 수 없을 듯했다.

그곳은 거대한 야생 칡 군락지였다.

시훈이가 알던 비슬 마을은 온데간데없었다. 사실 비슬 성당 지붕 위에 달린 하얀 십자가가 아니었으면 시훈이는 자신이 딴 동네로 떠내려왔다고 믿었을 것이다. 늪에 빨려 들어가는 사람이 내뻗은 마지막 손끝처럼, 십자가는 하얀 모서리만 겨우 내놓고 있었다. 집들과 축사, 비슬 상회, 마을 회관은 아예 보이지도 않았다. 강 건너편에서 볼 때도 높은 언덕과 강변 가로수에 칡이 무성하긴 했지만, 마을마저 온통 칡에 덮여 버렸을 줄은 상상도 못했다.

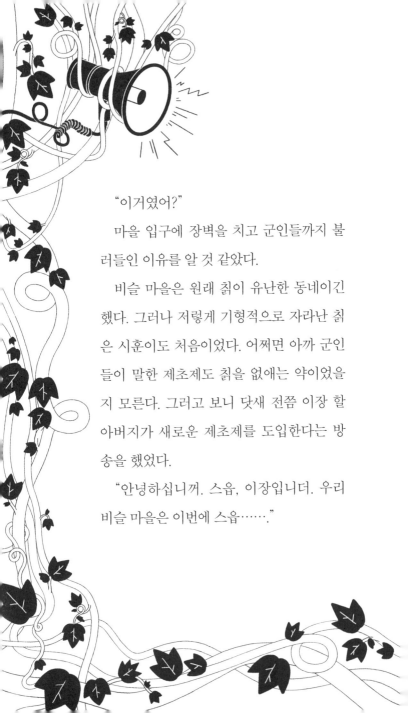

"이거였어?"

마을 입구에 장벽을 치고 군인들까지 불러들인 이유를 알 것 같았다.

비슬 마을은 원래 칡이 유난한 동네이긴 했다. 그러나 저렇게 기형적으로 자라난 칡은 시훈이도 처음이었다. 어쩌면 아까 군인들이 말한 제초제도 칡을 없애는 약이었을지 모른다. 그리고 보니 닷새 전쯤 이장 할아버지가 새로운 제초제를 도입한다는 방송을 했었다.

"안녕하십니꺼. 스읍, 이장입니더. 우리 비슬 마을은 이번에 스읍……."

풍치가 심한 이장 할아버지는 말 중간중간에 잇새로 침을 빨아들이는 습관이 있었다. 분명 듣기 거북한 소리인데도 한편으론 묘하게 상대를 귀 기울이게 만들었다.

"푸에라킬이라는 선별적 제초제를 스읍, 도입하게 됐십니더. 푸에라킬은 다른 작물에는 스읍, 일절 영향을 주지 않고 오직 칡만 스읍, 골라 가이고 죽이는 약이니 스읍, 안심하이소."

그런데 알 수 없는 이유로 그 선별적 제초제가 오히려 칡을 빨리 자라게 한 모양이었다. 살다 보면 의도와 다르게 일이 굴러갈 때가 있다는 것쯤은 시훈이도 알고 있었다. 아빠도 공익을 위해 회사의 비리를 제보했으나 공익에 기여한 바는 많지 않았고 사익만 산산조각 났다. 사람의 일도 예측할 수 없는데 제멋대로 자라나는

넝쿨 식물이야 말해 무엇 하겠는가.

다만 시훈이는 이 사태의 해결 방식이 아쉬울 뿐이었다. 칡을 없애려면 군인이 아니라 칡즙 전문가를 불렀어야 한다. 지난달에도 비슬 마을 칡이 즙이 많고 단맛이 강하다며 사람들이 칡을 캐러 왔었다. 그날 마을 비탈길에 쌓인 칡뿌리들을 보고 할머니는 발바닥에서 티눈을 뽑아낸 것처럼 속이 시원하다고 했다. 시훈이는 휴대폰을 자전거에 두고 온 게 못내 아쉬웠다. 강을 건널 생각에 자전거 바구니에 던져 놓고 온 것이다. 사진이라도 찍어 뒀으면 SNS에도 올리고, 〈6시 특종! 놀라운 내 고향〉 같은 프로그램에 제보도 했을 텐데. 시훈이는 아쉬운 입맛을 다시며 강가 언덕으로 올라섰다.

불과 십여 분 전, 시훈이는 칡이 마을을 뒤덮었다는 사실을 모르는 채 스파이 영화처럼 비장한 침

투 계획을 세웠었다. 성당을 돌아 김구식 할아버지네 집 담을 넘은 다음, 놀이터와 돼지 축사를 지나 비슬 상회 뒤편 측백나무 울타리에 몸을 숨겼다가 농로를 따라 기어서 집에 갈 것! 하지만 칡넝쿨 덕분에 진입로 쪽 군인들의 눈길을 피하기가 수월해졌다. 마을은 거대한 초록 그물에 뒤덮인 상태나 다름없어서 상체만 살짝 낮춰도 몸을 가릴 곳 천지였다.

시훈이는 젖은 옷의 물기를 꾹 짜내고는 칡넝쿨 아래로 기어 들어갔다. 강가 언덕 너머는 성당 부지였다. 한때는 신부님이 계신 성당이었지만 십여 년 전부터 신자 수가 줄어들어 이제는 신부 없는 공소가 되었다. 한 달에 한 번 인근 도시의 성당에서 신부님이 오시는데, 그날은 시훈이와 시아도 꼼짝없이 할머니를 따라 성당에 가야 했다. 시훈이는 미사 시간 내내 좀이 쑤셔 죽을 판이었지만 시아는 담요를 만지작거리며 잘도 놀았다. 갈색 곰 인형이 그려진 그 누렁누렁한 담요를 떠올리자 시훈이는 걸음이 절로 빨라졌다.

십자가를 삼킨 칡 줄기는 성당 마당 건너편의 왕벚나무들로 곧장 이어져 있어서, 성당은 만국기가 펄럭이는 주유소를 연상시켰다. 시훈이는 칡넝쿨이 만든 그늘을 따라 김구식 할아버지네 집 앞 비탈길로 내려섰다. 성당 마당과 달리 비탈길 쪽은 바닥도 칡으로 뒤덮여 있었다. 칡은 비탈길 아래 논에서 기어 올라와 김구식 할아버지네 담장을 넘어 지붕 위로 뻗어 있었다.

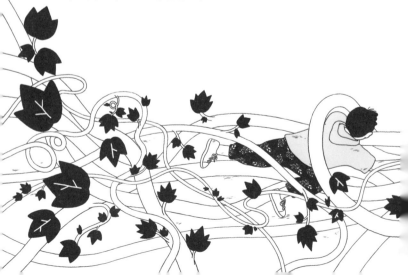

　시훈이는 동네 노인들이 '염병할 낙서'라 부르는
그라피티가 그려진 담장 앞을 지나갔다. 정중앙에
눈이 부리부리한 흑인 소년이 냉소적인 표정으로
팔짱을 낀 채 서 있고, 그 주변으로 온갖 것들이 팝
콘처럼 터져 나가는 그림이었다. 그림 중간중간에
미안하다, 용서해라 따위의 글귀가 삐뚤빼뚤한 영
어로 쓰여 있었다. 이 동네와는 눈곱만큼도 어울리
지 않는 이 그라피티의 원작자는 성당지기 할아버

지의 막내딸 청아 이모였다.

'염병할 낙서'의 탄생 비화를 할머니한 테 들은 적이 있었다. 몇 해 전 중복에 김구식 할아버지가 키우던 개를 잡아먹었다. 목줄을 맨 개를 담 너머로 던져서 잡는 방식이었다. 담장에는 피투성이가 되도록 개가 발버둥 친 흔적이 남았는데, 마침 그 무렵에 귀촌한 청아 이모가 그 꼴을 보았다. 몇 날 며칠 담장 앞을 서성이던 청아 이모는 (할머니의 표현에 따르면) "해거름에 갑자기 눈이 허옇게 뒤집혀서는" 문제의 염병할 낙서를 시작했다고 한다. 어른들 몇이 말리고 나섰지만 래커 스프레이를 내던지며 대드는 통에 두고 볼 수밖에 없었다는 것이다.

다음 날 김구식 할아버지가 역정을 내며 그림 위에 흰색 페인트를 덧발랐는데, 그다음 날 청아

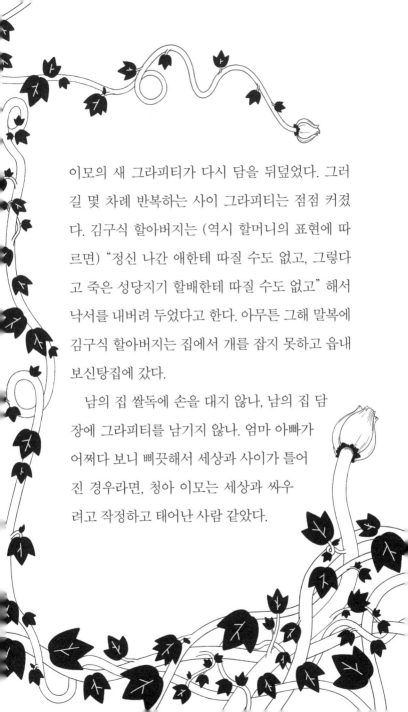

이모의 새 그라피티가 다시 담을 뒤덮었다. 그러길 몇 차례 반복하는 사이 그라피티는 점점 커졌다. 김구식 할아버지는 (역시 할머니의 표현에 따르면) "정신 나간 애한테 따질 수도 없고, 그렇다고 죽은 성당지기 할배한테 따질 수도 없고"해서 낙서를 내버려 두었다고 한다. 아무튼 그해 말복에 김구식 할아버지는 집에서 개를 잡지 못하고 읍내 보신탕집에 갔다.

남의 집 쌀독에 손을 대지 않나, 남의 집 담장에 그라피티를 남기지 않나. 엄마 아빠가 어쩌다 보니 삐끗해서 세상과 사이가 틀어진 경우라면, 청아 이모는 세상과 싸우려고 작정하고 태어난 사람 같았다.

잠시 넋 놓고 그라피티를 훑어보던 시훈이는 칡 넝쿨에 발이 걸려 넘어지고 말았다. 욕을 하며 몸을 일으키려는 순간, 시훈이의 눈앞에서 칡 줄기 하나가 움직였다. 누군가 멀리서 칡 줄기를 잡아당기기라도 하는 듯 슥슥 어디론가 끌려가는 것이었다. 그 속도가 점점 빨라지더니 십여 초쯤 지나자 줄기는 길바닥에서 김구식 할아버지네 담장 위로 곧장 사선을 그리며 팽팽하게 펴졌다. 뒤쪽에서도 소리가 나서 돌아보니 다른 줄기 하나가 담장 위로 뻗어 있었다. 시훈이는 침을 눌러 삼키며 천천히 일어섰다.

슥슥! 줄기가 움직이는 소리가 마을 곳곳에서 들려왔다. 성당 마당을 지나올 때만 해도 강물 소리에 가려져 들리지 않던 소리였다. 하지만 비탈길을 내려와 저지대로 들어서자 슥슥 소리가 한결 선

명해졌다. 사람들이 떠나 버린 마을에서 쥐들이 잔치를 벌이고 있었다. 역시나 예상은 했지만 흙 제거 작업 차량이나 인부는 코빼기도 보이지 않았다.

시훈이는 자세를 낮추고 놀이터를 지나 축사 골목으로 접어들었다. 대규모 축사는 아니었고, 우수 품종을 가리는 종돈 대회에 출품할 수퇘지 서너 마리를 마을 어른들이 애지중지 키우는 곳이었다. 축사의 오물 냄새가 훅 끼쳐 오자 처음으로 마을에 돌아왔다는 게 실감이 났다. 저 돌연변이 칡넝쿨도 이 냄새만큼은 덮어 버리지 못한 모양이다. 하지만 뭔가가 허전했다. 축사 앞을 지날 때마다 돼지 분뇨 냄새만큼이나 시훈이를 짜증 나게 하던 뭔가가 사라졌다.

소리였다.

축사의 소음이 사라진 것이다. 수퇘지들의 답답

한 콧소리와 도사견 춘배가 짖는 소리. 춘배는 돼지를 지키라고 이장 할아버지가 데려다 놓은 맹견이었다. 투견장에서 사 왔다는 춘배는 축사 근처를 지나는 사람만 보면 물어 죽일 듯 짖어 댔다. 주인 격인 이장 할아버지를 보고도 짖었고, 시훈이나 시아를 보면 침까지 질질 흘리며 으르렁거렸다. 춘배는 오직 돼지만 사랑했다.

어젯밤 체육관으로 실려 간 건 마을 사람들뿐이었다. 가축은 챙길 겨를이 없었다. 그렇다면 군인들이 춘배와 돼지들을 마을 밖으로 데려간 걸까? 축사도 마을의 다른 건물들처럼 온통 칡에 휘감긴 채였다. 시훈이는 조심스레 칡 줄기를 걷어 내고 축사 안을 들여다보았다. 돼지들이 핏물이 흥건한 바닥에 널브러져 있었고 몸통에는 칡 잎사귀와 줄기가 어수선하게 흩어져 있었다.

　　누군가 날카로운 도구로 돼지와 칡을 마구
내리친 듯했다. 시훈이는 울컥했다. 종돈 수돼지
들은 동네 노인들의 자랑거리였다. 마을 복판에
축사가 있어 불만이던 시훈이지만 돼지들이 저리
죽어 나가기를 바라진 않았다.

　　"춘배 이 녀석은 돼지 안 지키고 어디 간 거야?"

귀신도 제 말 하면 온다더니 춘배가 등장했다. 녀석은 시훈이를 찢어발길 기세로 으르렁거렸다. 침을 뚝뚝 흘리는 꼴도, 검고 날렵한 몸통도 분명 춘배였다. 하지만 춘배는 축사 지붕 옆 허공에 떠 있었다. 춘배의 몸에서 떨어져 내린 액체가 칡 줄기와 잎사귀에 검붉은 자국을 남겼고, 그중 두어 방울이 시훈이의 운동화에도 튀었다. 피였다. 춘배는 저 혼자 무중력 공간에 있는 것처럼 허공을 허우적거리며 시훈이에게 다가왔다.

"저… 저게 뭐야!"

시훈이는 기겁을 하며 뒷걸음질 쳤다.

춘배의 몸통 아래로 두 가닥 줄이 늘어져 있었다. 하나는 춘배의 목줄이었고 다른 하나는 칡 줄기였다. 놈을 저렇게 만든 건 칡이었다. 춘배의 아랫배를 관통하여 등으로 빠져나온 칡이 다시 등을 뚫고 들어가서 옆구리로 비집고 나와 목을 꿰뚫은 상태였다. 누군가 춘배의 몸통에 칡으로 함부로 바느질을 해 놓은 듯했다. 엉성한 실매듭처럼 칡의 넝쿨손 하나가 춘배의 정수리에서 흔들거리고 있었다.

춘배를 보고 놀라 도망치던 시훈이는 칡 줄기에 발이 걸려 나자빠지고 말았다. 춘배는 시훈이에게서 눈을 떼지 않았다. 정확히는 시훈이의 목덜미를 노리고 있었다.

늘 물어뜯고 싶었던 거기,
먼 도시의 냄새를 풍기는 저 녀석의 목덜미!

투견장에서 보낸 세월과 수퇘지들을 지킨 시간을 통틀어 춘배가 이토록 뭔가를 뜨겁게 열망한 적이 없었다.

내 목줄이 팽팽해지는 지점을 알고는

딱 그 앞까지 와서 조롱을 퍼붓던 어린놈.

저 거만하고 얄미운 놈의 목뼈와 심줄,

그리고 따뜻한 피가 흐르는 경동맥.

나는 그걸 원해, 널 원한다고.

춘배는 칡넝쿨이 몸통에 꿰인 통증도 잊고 이빨
을 드러냈다.

시훈이는 팔로 얼굴을 가렸다. '이제 죽는구나'

하는 생각과 함께 지난 기억들이 거꾸로 스쳐 지나갔다. 시아의 손을 잡고 할머니 집에 오던 날의 풍경, 공항버스에 오르는 엄마 아빠를 끝내 외면했던 일, 낯선 손님들이 밤중에 집을 찾아오던 날, 시아가 태어나던 무렵의 어수선한 하루하루 그리고…… 시훈이는 서러웠다. 첫 키스보다 주마등을 먼저 경험하리라고 누가 상상이나 했겠는가.

춘배의 숨결이 훅 끼치더니 침 덩이가 시훈이의 손등으로 떨어졌다.

"엄마……."

시훈이가 흐느끼는데 돌연 춘배도 울부짖기 시작했다. 늑대처럼 우우우우 울더니 낑낑 앓는 소리를 냈다. 그 소리를 배경으로 척! 척! 하는 마찰음이 끼어들었다. 불쾌하고 질척한 소리가 이어졌고 뜨뜻하고 비릿한 액체가 시훈이의 팔과 머리로 마구 쏟아져 내렸다. 곧이어 털썩! 소리와 함께 묵직한 뭔가가 시훈이 옆으로 추락했다. 시훈이는 얼굴을 가렸던 손을 천천히 치웠다.

피투성이로 변한 춘배가 시훈이 옆에 누워 있었다. 향후 십 년간 악몽의 소재가 되고도 남을 만큼 끔찍한 광경이었지만 시훈이는 안도의 한숨이 나왔다. 시훈이는 세례를 베푸는 사제의 손처럼 이마에 얹힌 춘배의 앞발을 밀어내고는 손등의 핏물을 주변 칡 잎사귀에 닦았다. 비척거리는 발소리가 들려온 건 그때였다. 황급히 몸을 일으킨 시훈이는

제삼의 인물과 눈이 마주쳤다. 춘배를 죽인 장본인이자 시훈이도 잘 아는 사람, 성당지기 할아버지의 딸 청아 이모였다.

청아 이모가 끝이 반달 모양으로 휜 칼을 쥔 채 비트적거리며 다가왔다. 그제야 시훈이는 밤새 체육관에서 청아 이모를 본 적이 없다는 사실을 떠올렸다. 평소에도 동네에서 자취를 감추었다가 나타나길 반복하던 사람이다 보니 없어도 티가 나지 않았던 것이다.

"이…… 이모, 안녕하세요."

시훈이가 어색한 인사를 건넸다. 청아 이모는 피 묻은 칼을 치켜든 채 시훈이의 몸을 훑었다. 핏물을 뒤집어쓴 얼굴. 이모는 썩 기분이 좋아 보이진 않았다. 젠장, 돌겠네!

3

칼날과 칼자루, 손목 할 것 없이 온통 피였다.

칼은 노인들이 농로 주변의 가시덤불을 쳐낼 때 쓰는 벌목도였다. 춘배를 피투성이로 만든 것도 저 칼날이었다. 정황상 축사의 돼지들을 죽인 범인도 청아 이모가 분명했다. 하지만 진실을 묻거나 추궁할 분위기가 아니었다. 청아 이모가 아직 할 일이 더 남았다는 얼굴로 칼자루를 고쳐 쥐었으니까.

"사람 살려! 살려 주세요!"

시훈이는 비명을 지르며 내달렸다. 춘배의 몸을 들락거린 칡 줄기는 대체 뭔지, 청아 이모는 왜 벌목도를 들고 살인마처럼 노려보는지 도저히 알 수 없었다. 시훈이가 아는 건 칡과 청아 이모에게서 달아나야 한다는 사실뿐이었다. 장벽까지만 가면 군인들이 어떻게든 도와줄 것이다. 욕을 흠씬 퍼붓고 벌금을 물릴지도 모르지만 일단은 살아야 했다.

축사 골목을 되밟아 나온 시훈이는 놀이터 쪽으로 내처 뛰었다. 놀이터도 중앙의 미끄럼틀을 타넘은 칡넝쿨 때문에 거대한 장막에 덮인 모습이었다. 하지만 놀이터만 벗어나면 공터였다. 평소에는 깨나 고추 따위의 농작물을 말리고, 명절 때면 공용 주차장으로 쓰는 곳이었다. 타고 오를 장애물이나 건물이 없다 보니 공터의 칡넝쿨은 바닥에 얌전히 깔린 채였다. 그러니 공터까지만 가면 군인들이 시훈이를 볼 수 있을 터였다.

축사 골목 끄트머리까지 쫓아오던 청아 이모는 어느 틈엔가 사라지고 없었다. 하지만 칡넝쿨이 축축 늘어진 골목 안쪽에서 자기 뜻을 분명히 밝혔다.

"죽어! 죽어 버리라고!"

벌목도로 무언가를 내리치는 소리가 뒤따랐다. 그건 이모가 제정신이 아니라는 뜻이었고, 이모 손에 걸리면 목이 날아가리라는 암시였다. 아까는 하늘의 도움으로 목숨을 부지할 수 있었다. 벌목도를 들고 다가오던 이모가 칡 줄기에 걸려 넘어졌고, 시훈이는 그 틈에 놀이터로 달아났다. 하지만 두 번의 기적은 바라기 어려울지도 모른다. 시아가 목이 빠져라 놈놈이를 기다리는 줄은 알지만 시훈이도 어쩔 도리가 없었다. 더 늦기 전에 마을을 떠나야 했다. 다급하게 시소 앞을 지나던 시훈이는 발을 헛디뎌 넘어지고 말았다. 운동화 한 짝이 어디론가 날아가 버렸지만 찾을 겨를이 없었다.

가까스로 공터에 다다른 시훈이는 머리 위로 팔을 휘저으며 펄쩍거렸다.

"저기요! 군인분들! 군인 아저씨! 형들! 살려 주

세요. 칡이 이상해요! 미친 이모가 저를 죽이려고 해요. 도와주세요!"

마을에서 바라본 장벽은 진입로 쪽에서 본 것보다 더 높고 두터웠다. 하지만 저 바람개비들 너머엔 군인들이 있을 터였다. 무작정 장벽 쪽으로 뛰어가는데 차르르 하는 소리가 따라붙었다. 칡의 넝쿨손들이었다. 넝쿨손들이 목을 치켜든 뱀의 형상으로 시훈이 뒤를 쫓았다. 시훈이는 칡과 뒤엉켜 있던 춘배의 몸이 떠올랐지만 도리질 쳤다. 아닐 거야, 그럴 리가 없잖아. 넝쿨의 진행 방향과 내가 뛰는 방향이 우연히 일치했을 뿐이야. 시훈이는 자신이 지지하는 가설이 옳았길 바라며 왼쪽으로 방향을 틀었다. 그러자 칡의 넝쿨손들도 일제히 왼쪽으로 방향을 꺾었다.

"살려 주세요! 여기 사람 있어요!"

시훈이의 목소리를 들었는지 장벽 너머에서 군인이 모습을 드러냈다. 금발에 덩치가 아빠의 두 배쯤 돼 보이는 외국인이었다. 느닷없는 외국 군인의 등장에 시훈이는 잠깐 어리둥절했지만 이내 정신을 차렸다. 칡이 사람도 쫓아오는 판에 금발 군인이 무슨 대수라고.

"헬프! 플리즈 헬프! 렛 다운 더 래더! 오어 로프 플리즈! 아, 사다리요! 빨리 좀요!"

시훈이가 소리쳤지만 군인은 시훈이 뒤쪽의 어딘가로 총구를 겨눌 뿐이었다. 시훈이도 뒤를 돌아보았다. 넝쿨손에 몸이 꿰인 멧비둘기 한 마리가 시훈이 쪽으로 날아오고 있었고, 그 뒤를 다른 넝쿨손들이 따라왔다. 탕! 총성과 함께 멧비둘기의 몸통이 박살 났다. 그러자 넝쿨손들은 치켜들었던 고개를 숙이고 바닥을 기었다. 공터를 가로질러 장

벽에 다다른 넝쿨손들은 이내 벽을 타고 오르기 시작했다. 넝쿨손이 장벽 꼭대기에 이르자 바람개비들이 회전하여 넝쿨손들을 베어 버렸다. 바람개비는 자동 감지 센서가 장착된 회전 톱날이었다. 넝쿨손들이 사라지자 장벽 부근 칡 줄기들도 잠잠해졌다.

"저 좀 꺼내 주세요!"

시훈이가 다시 군인에게 손을 흔들었지만 군인은 총을 거두어 사라져 버렸다. 바람개비도 잠잠해지고 장벽은 다시 침묵에 싸였다. 시훈이는 그 침묵의 의미를 알 것 같았다. 그건 비밀에 접근한 자에 대한 응징이었다. 군인들은 도와주지 않을 것이다. 시훈이는 장벽에 등을 대고 앉아 흐느꼈다.

뭔가 단단히 잘못되었다. 담요를 가지러 오는 게 아니었다. 아니, 애초에 이 촌구석으로 기어 들어오는 게 아니었다. 엄마 아빠는 시훈이와 시아만 두고 미얀마로 떠나지 말았어야 했고, 아빠는 공익 제보 따위 하는 게 아니었다. 그랬다면 시훈이가 이 뜨거운 여름날에 괴물 칡밭에 갇히는 일도 없고, 동네 미친 이모에게 쫓기는 일도 없지 않았을까.

손등으로 눈물 콧물을 닦았더니 얼굴에 피비린내가 진동했다. 춘배가 남기고 간 죽음의 냄새였다. 시훈이는 침을 퉤퉤 뱉고서 일어섰다. 군인들이 도와주지 않는다면 장벽에 붙어 있을 필요가 없었다. 오히려 청아 이모에게 위치만 노출시킬 뿐이었다.

장벽을 등지고 서니 집이 보였다. 칡넝쿨에 덮였어도 시훈이는 어디가 할머니 집인지 정확히 짚어 낼 수 있었다. 비슬 상회 뒤편의 오르막 농로를 따라가다 작은 삼거리에서 왼쪽 길로 접어들면 나오는 첫째 집. 거기가 시훈이와 시아의 집이었다. 담장이 낮아서 동네 노인들이 수시로 넘어다보고, 한쪽 축이 기울어진 대문은 닫으나 마나 한 집이었지만, 그래도 시훈이가 누워서 빈둥거릴 방과 시아의 늄늄이가 있었다.

두어 달쯤 전이었다. 화투를 치러 온 동네 할머니들이 시아의 담요를 깔개로 쓴 적이 있었다. 화투장이 딱딱 부딪치고 백 원짜리 동전이 한창 분주히 오갈 때였다. 거실에서 만화 영화를 보던 시아가 갑자기 생각이 났는지 안방으로 튀어 들어갔다. 그러더니 사자후급 비명과 함께 화투판을 때려 엎었다.

"늄늄이 내놔! 늄늄이 시아 거야! 못된 할머니들! 퉤퉤!"

어디서 배웠는지 야무지게 침도 뱉었다. 시아는

늄늄이를 꼭 안고서 할머니들을 쏘아보았다. 그때 시훈이는 시아를 말리지 못했다. 달랑 들어서 다른 데로 데려가야 하겠지만 그 순간만큼은 시아를 그대로 두어야 할 것 같아서였다. 그때 시아는 버르장머리 없고 단단하고 빛이 났다.

늄늄이만 있으면 시아는 또 살아갈 것이다. 엄마 아빠가 없는 시간을 다시 견뎌 내겠지. 그래서 시훈이는 집으로 가야 했다. 어떻게든 살아남아서 시아에게 늄늄이를 가져다줄 것이다.

16세 한시훈.

동생 담요도 가져다주지 못하고 칡밭에서 죽다.

이따위 굴욕적인 묘비명을 남길 순 없으니까.

하늘은 스스로 돕는 자를 돕는다 했던가. 살자고

마음을 먹으니 살길이 열렸다. 마을 회관 쪽에서 확성기 소리가 났다. 이장 할아버지였다. 할아버지도 마을에 남아 있었다니!

"이장입니다. 어젯밤에 스읍, 갑작스러운 일로다 다들 스읍, 얼매나 놀랬십니꺼. 미처 마을에서 못 빠지나간 분들은 스읍, 마을 회관으로 오이소. 다들 아시듯이 스읍, 길이 쪼매 험합니다. 스읍, 조심해서 오이소. 살아도 같이 살고 스읍, 죽어도 같이 죽어야지예."

시훈이는 눈물이 날 것 같았다. 마을에 남은 사

람들이 더 있었던 것이다. 괴물 쥐과 미쳐 날뛰는 청아 이모를 피해 각자 집에 숨은 모양이다.

마을 회관으로 가야 했다. 작년에 새로 증축한 마을 회관은 단단한 벽돌 건물이었고, 의심 많은 이장 할아버지 덕에 창문마다 도난 방지용 창살이 덧대어 달렸다. 시훈이가 들어가 보진 않았지만 할머니 말로는 침구도 서너 세트 갖춰 두었다고 했다. 또 작년에 폐 수술을 한 뒤 담배를 끊은 이장 할아버지가 튀밥, 미숫가루, 도라지절편 등의 주전부리를 쟁여 놓았다고도 했다. 평소 같으면 거들떠도 안 볼 음식들이지만 시훈이는 배가 고팠고 뭐든 먹어 치울 수 있을 것 같은 기분이었다. 어젯밤 막 컵라면 비닐을 벗기던 차에 군인들이 들이닥쳐 아무것도 먹지 못하고 떠밀려 나온 것이다. 그때부터 줄곧 빈속으로 강행군을 했다. 이대로 죽으면 묘비명이 더 구질구질해질 것이다.

16세 한시훈.

동생 담요도 가져다주지 못하고

쫄쫄 굶다가 칡밭에서 죽다.

회관은 시훈이네 집과는 반대쪽에 있었다. 비슬
상회 뒤편 삼거리에서 오른쪽 길로 100미터쯤 돌
아가야 했다. 칡넝쿨에 가려져 아무도 보이진 않
지만 사람들이 모이고 있을 것이다. 누가 뭐래도
이장 할아버지는 비슬 마을의 중심이었다. 괜히
10년째 이장직을 맡고 있는 게 아니었다. 할아버
지는 오며 가며 노인들을 챙겼고, 그 덕에 비슬 마
을은 '고독사 없는 마을' 모범 사례로 뽑혀 상금을
300만 원이나 받기도 했다. 간밤에 마을을 떠나지

않은 것도 이장 할아버지다운 선택이었다. 폭풍 속에서도 끝내 배를 버리지 않은 선장과 같달까. 그런 이장 할아버지가 부른다면 당연히 가야 했다.

문제는 장벽에서 회관까지 가려면 목숨을 걸어야 한다는 사실이었다. 대체 그 넝쿨손들은 뭐였을까. 놈들은 시훈이를 사냥감으로 인식한 것처럼 쫓아왔다. 그러다 군인한테 총을 한 방 맞은 뒤로는 진행 방향을 바꾸지 않고 곧게 나아갔다. 아무리 제초제를 잘못 먹고 돌연변이가 되었다 해도, 칡이 식물이라는 건 시훈이가 대한민국의 중학생이라는 것만큼이나 분명한 사실이었다. 그런데 육식 동물을 연상시키는 그 변칙적인 움직임은 뭐란 말인가. 그리고 넝쿨손 끝에 눈이 달린 것도 아닐 텐데 어떻게 시훈이의 진행 방향을 그대로 쫓아왔을까.

시훈이는 한 짝 남은 운동화를 벗어 들었다. 신

발을 한쪽만 신고 달리는 게 불편하기도 했고, 지금으로선 신발이 시훈이가 구할 수 있는 유일한 무기이기도 했다. 시훈이가 조심조심 칡 줄기를 디디며 비슬 상회 쪽으로 걸어가는데 그림자 하나가 놀이터 옆을 휙 스쳐 지났다. 칡넝쿨에 가려서 또렷이 보이진 않았지만 칡넝쿨을 후려치는 소리로 보건대 청아 이모가 분명했다. 이모도 회관으로 가고 있었다. 벌목도를 쥐고서…….

4

놈놈이를 챙겨 회관으로 가려던 계획이 흔들리기 시작했다. 청아 이모가 회관으로 갔다면 더 이상 회관도 안전지대가 아니다. 아무것도 모르는 이장 할아버지가 쩌렁쩌렁 방송을 해 댔으니 사람들은 죄다 회관으로 몰려갈 터였다. 그 틈에 집에 가서 놈놈이를 챙긴 다음 몰래 마을을 빠져나가면 된다. 청아 이모의 칼에 사람들이 죽어 나갈지도 모른다. 하지만 시훈이는 자신을 사자라 생각하기로 했다. 어릴 적 아빠와 함께 보던 자연 다큐 속 사자.

그날 아빠는 분명히 말했다.

"사자는 저러면 돼. 아프리카 대자연을 보고 감탄할 필요도 없고 근방에 영양이 몇 마리가 있는지 일일이 세고 다닐 필요도 없어. 그저 무리에서 뒤

처진 영양이 누군지, 어떤 놈을 쫓아야 승산이 있는지만 알면 돼. 그게 사자의 눈이야."

마침내 사냥에 성공한 사자는 얼굴 가득 피를 묻혀 가며 배불리 먹었다. 그날 사자의 지혜를 알려 주던 아빠는 어디로 갔을까. 나랑 시아만 촌구석에 처박아 두고서! 시훈이는 돌연 마음 한구석이 아릿했다. 시훈이도 놈놈이가 필요했다. 시아의 땀 냄새와 고집과 혼잣말이 담긴 그것. 괴물 칡밭에서 시훈이를 버티게 해 주고, 시훈이를 시아와 할머니가 있는 곳으로 데려다줄 강력한 토템.

시훈이는 사자의 눈으로 세상을 보기로 했다. 어른들은 알아서들 자신을 지켜 낼 테니 시훈이는 시훈이의 몫만 챙기면 된다. 어설프게 오지랖을 부리다가 어른들 세계로 굴러떨어지는 일 따윈 하지 않을 것이다. 시훈이는 운동화를 틀어쥐고 집으로 향했다.

비슬 상회 뒤편 측백나무 울타리를 지나가는데 칡 줄기 하나가 빠른 속도로 움직이기 시작했다. 칡은 마을 안쪽으로 향하고 있었다. 그제야 시훈이는 칡 줄기의 이동 방향이 넝쿨손과 관계 있다는 사실을 깨달았다. 방향을 정하는 건 줄기 끝의 넝쿨손이었다. 3미터쯤 떨어진 곳에서 또 하나의 줄기가 끌려갔다. 방향은 같았다. 그리고 시훈이의 두 발 사이에 있던 줄기도 서서히 움직였다. 이번에도 역시나 동일한 방향이었다. 비슬 상회 뒤편 마을 안쪽 어딘가. 놈들의 목적지는 회관이었다.

하지만 칡이 이장 할아버지의 방송을 알아들었을 리도 없는데 회관 쪽으로 이동하는 이유는 뭘까. 넝쿨손은 언제나 공격 대상을 찾아냈다. 춘배를 공격해서 괴물로 만들었고 그다음엔 시훈이를 쫓아 장벽까지 따라왔고 지금은 마을 회관으로 몰려가고 있었다. 순간 시훈이는 자신을 쫓아오던 멧비둘기를 떠올렸다. 금발 머리 군인의 총구가 멧비둘기를 향했던 사실 또한.

"미쳤어. 말도 안 돼!"

시훈이는 머리를 싸쥐었다.

모든 단서들이 가리키는 답은 하나였다. 넝쿨손에 몸이 꿰인 동물이 넝쿨손의 눈과 귀가 되는 것이다. 공터에서 시훈이에게 날아오던 멧비둘기는 평범한 비둘기가 아니었다. 멧비둘기가 시훈이를 쫓아가면 다른 넝쿨손들도 일사불란하게 같은 방향으로 움직였다. 군인이 총으로 멧비둘기를 박살낸 후에는 넝쿨손들이 더 이상 시훈이를 쫓지 않았던 것도 그래서였다. 감각 기관을 상실한 넝쿨손은 그저 빨리 자라는 칡에 지나지 않았다. 그렇다면 지금 칡 줄기들이 회관 쪽으로 이동하는 건 칡의 감각 기관이 된 무언가가 회관으로 가고 있다는 뜻이었다.

시훈이는 움직이는 칡 줄기를 피해서 발을 디뎠다. 넝쿨손들의 신경이 다른 곳에 쏠린 틈을 놓쳐서는 안 되었다. 비슬 상회와 집의 중간쯤에 있는, 김구식 할아버지네 비닐하우스를 지나는데 난데없이 개 짖는 소리가 들렸다. 칡으로 뒤덮인 온실 옆에 몸집이 작은 개가 떠 있었다. 여름 딸기가 한창인 비닐하우스를 지키는 방울이였다.

늘 사람이 그리운 방울이는 시아와 시훈이를 유독 잘 따랐다. 시훈이는 가끔씩 시아를 데리고 가서 방울이와 놀아 주곤 했다. 놀이라 해 봤자 목줄을 풀고 야구공을 던져 주는 게 전부였지만. 방울이는 숨을 헐떡이며 야구공을 쫓아가고 시아는 그

런 방울이를 따라 뛰었다. 하지만 사람들이
떠나 버린 마을에서 방울이는 칡의 먹이가
되고 말았다.

　　방울이의 몸 아래로 칡넝쿨이 늘어져 있
었다. 방울이는 시훈이를 향해 왕왕 짖었
다. 시훈이를 찾아냈노라고 넝쿨손들에
게 보고하고 있었다.

여기야! 여기 먹이가 있어!

주변의 칡들이 술렁이기 시작했다. 한참
을 짖어 대던 방울이는 상체를 낮추며 꼬

리를 흔들었다. 그건 또 시훈이가 알던 방울이 모습 그대로였다. 칡의 감각 기관으로 변했지만 방울이의 기억도 일부 남아 있는 모양이었다.

탁! 탁! 소리와 함께 도랑 쪽에서 넝쿨손들이 고개를 치켜들었다. 놈들이 시훈이를 향해 몰려왔다. 넝쿨손들이 5미터쯤 앞까지 접근해 왔다. 시훈이는 처음으로 돌연변이 칡의 넝쿨손과 제대로 마주했다. 놈들은 평범한 넝쿨 식물의 넝쿨손이 아니었다. 넝쿨손이 네 방향으로 벌어졌고 그 안에는 장미 가시처럼 생긴 뾰족한 돌기들이 잔뜩 돋아났다. 녀석들은 입을 벌린 채 시훈이를 향해 몰려왔다.

"방울아! 나야! 우리 같이 놀았던 거 기억나지?"

시훈이는 다급히 방울이와 눈을 맞추고는 여태 손에 쥐고 있던 운동화를 비슬 상회 쪽으로 힘껏 던졌다. 방울이는 허공에서 발을 구르며 운동화를 쫓아 비슬 상회 쪽으로 날아갔다. 그러자 근처에 있던 넝쿨손들도 방울이를 따라 휙 방향을 틀었다. 시훈이는 한달음에 언덕을 뛰어올라 집으로 내달 렸다. 엉성하게 닫혀 있는 대문을 걷어차고 집 안 으로 뛰어들었다.

한창 여름 볕이 들 시간이지만 마당과 지붕을 덮 어 버린 칡 때문에 집 안이 어둑어둑했다. 숨이 턱 끝까지 차올랐지만 쉴 틈이 없었다. 집도 안전하진 않았다. 곧 방울이가 올 것이다. 녀석은 시훈이의 냄새를 쫓아올 터였다. 영리한 방울이라면 넝쿨손 을 집 안으로 들여보낼 구멍을 금세 찾아낼 것이다.

시훈이는 얼른 방으로 뛰어 들어가 배낭을 꺼냈

다. 시아의 담요는 안방 요 위에 구겨져 있었다. 늠늠이를 배낭에 넣은 뒤, 마당 창고로 가서 삽도 하나 꺼내 들었다.

방울이의 짖는 소리가 점점 가까워졌다. 차르릭! 방울이가 넝쿨손을 몰고 오고 있었다. 혼자서는 그 많은 넝쿨들을 상대할 자신이 없었다. 결국 시훈이도 회관으로 가는 수밖에 없었다. 넝쿨손들과 청아 이모가 회관으로 몰려갔지만 어른들과 힘을 합치면 해볼 만한 싸움이 될지도 몰랐다. 게다가 회관은 이 마을에서 가장 단단한 요새였다.

마을 길을 따라 회관 쪽으로 뛰어가는데 이장 할아버지의 목소리가 들려왔다.

"이장입니다. 아직까지 스읍, 회관으로 오시지 않는 분들이 있어서 스읍, 알려 드립니다. 회관까지만 오시면 스읍, 먹을 거 마실 거 걱정할 게 스읍,

아무것도 없십니더. 이런 난국일수록 스읍, 힘을 합쳐야 한다 아입니꺼. 우리가, 스읍, 남입니꺼! 퍼뜩들 오이소."

시훈이는 이를 악물고 달렸다. 집을 나서며 급히 꿰신은 슬리퍼는 벌써 벗겨져 달아나고 없었지만 발이 아픈 줄도 모르고 뛰었다. 회관까지만 가면, 이장 할아버지 있는 데로만 가면 살 수 있을 것이다. 김 씨 집안의 제실을 지나 모퉁이를 돌자 회관이 보였다.

"시훈이 아이가? 니도 스읍, 마을에 있었드나?"

이장 할아버지가 놀란 눈으로 시훈이를 반겼다.

할아버지는 확성기를 든 채 허공에 떠 있었다. 그리고 그 아래로 늘어진 칡 줄기가 보였다.

5

회관 처마 아래 김구식 할아버지가 반듯한 자세로 누워 있었다.

"할배가 심장이 쪼매 안 좋았는데 스읍, 하필 줄기가 거기를 건드리 가이고 이리 됐다. 스읍, 이리 좋은 세상도 몬 보고 스읍, 돌아가싰다."

이장 할아버지는 평소와 다름없는 말투였다. 시훈이는 몸을 떨었다. 시신을 눈앞에서 보기는 처음이었다. 숨이 끊어진 김구식 할아버지는 오래된 기록 사진 속 인물처럼 고요하고 현실감이 없었다. 얼이 빠진 시훈이를 현실로 돌려놓은 건 파리 떼였다. 파리들이 붕붕거리며 시신의 얼굴에 마구 달려들었다. 훗날 누군가 시훈이에게 죽음이 무어냐고 물으면 시훈이는 이렇게 대답하리라고 생각했다.

죽음이란 더는 손으로 파리를 쫓지 않게 되는 일이라고, 열여섯 살 여름에 그 광경을 직접 보았다고.

"할아버지 짓이에요? 할아버지가 이런 거예요?"

시훈이는 이장 할아버지를 올려다보며 삽자루를 고쳐 쥐었다.

"그게 지금 무신 말이고? 내가 스읍, 구식이 헹님을 뭐 한다고 스읍, 해코지할 기고? 내하고 구식이 헹님은 이 작은 촌 동네에서 펭생을 스읍, 헹님 동생 하믄서 지냈는데."

하지만 이장 할아버지는 평생을 형제처럼 지내던 이웃을 잃은 사람 같지 않았다. 지난봄 비슬 마을이 '고독사 없는 마을' 모범 사례로 뽑혔을 때만큼이나 흥분된 얼굴이었다. 이장 할아버지는 김구식 할아버지의 시신을 내려다보며 혀를 찼다.

"아이고 헹님, 이 장관도 스읍, 몬 보고 가셨소.

이리 스읍, 좋은 날을 누리지도 몬하고."

"이리 좋은 날이요? 할아버지한텐
이게 좋은 날이에요?"

사람이 죽어 나가고 마을이 초토
화되었는데 좋은 날이라니!

"하모. 니도 생각을 좀 스읍, 해 봐
라. 사램들이 비슬 마을을 두고 스읍, 촌
구석이다, 죽을라고 날 받아 놓은 할매
할배들 동네다, 해 감시로 스읍, 무시하

는 거 몰랐드나? 이장단 모임을 가도 스읍, 내세울
게 없어서 그란지 스읍, 우리 동네는 거들떠도 안
보드라. 그란데 봐라, 스읍, 세상이 달라졌다. 우리
가 스읍, 비슬 마을에서 태어난 우리가 스읍, 세상
을 차차로 차차로 뒤덮을 기다. 이제는 누가 뭐라
캐도 스읍, 우리가 세상의 중심이다."

이장 할아버지는 감격에 겨운 눈으로 동네를 둘
러보았다. 그런 할아버지의 바짓단 밑으로 피가
떨어졌다. 시훈이는 뒷걸음질 쳤다. 이장 할아버지
는 시훈이가 알던 사람이 아니었다. 그는 칡의 일
부였다.

"그란께 시훈이 니도 스읍, 좀 거들어라. 이리 온
나, 할배랑 스읍, 같이 일하자."

이윽고 마을 회관 뒤편에서 수십 개의 넝쿨손이
솟구쳐 올랐다.

"할아버진 미쳤어요!"

"처음에 찔릴 때만 따끔하지 스읍, 금세 암시랑 토 안 하다."

쿨럭 피를 토하면서도 할아버지는 웃고 있었다.

넝쿨손이 포물선을 그리며 다가왔다. 넝쿨손의 움직임에 맞춰 바닥의 줄기가 회관 쪽으로 당겨지기 시작했다. 시훈이는 삽으로 줄기 하나를 내리찍었다. 하지만 웬만한 밧줄 굵기만큼 두꺼워진 줄기는 쉽게 끊어지지 않았다. 오히려 줄기와 이어진 넝쿨손의 화를 돋우었는지 넝쿨손 하나가 회관 저수조 쪽으로 넘어오더니 입을 벌리고 달려들었다.

시훈이는 삽으로 넝쿨손의 주둥이를 후려쳤다.

"따로따로 뎀비지 말고 스읍, 이짝에 계신 분들은 저놈아 뒤쪽으로 스읍, 돌아가이소."

할아버지 왼편에 있던 넝쿨손이 시훈이 뒤로 날

아왔다. 바닥에 깔린 줄기들이 마구 움직이는 바람에 시훈이는 발을 헛디뎌 나동그라졌다. 삽자루도 팔이 닿지 않는 곳으로 날아가 버렸다. 시훈이는 숨을 몰아쉬었다. 뭔가 해결책이 필요했다. 이대로 죽으면 너무 억울하니까.

나도 한 놈은 죽이고 간다!

시훈이는 움직이는 칡 줄기 하나를 입에 넣고 잘근잘근 씹기 시작했다. 어쨌건 줄기 하나를 끊으면 넝쿨손 하나는 사라질 터였다. 이장 할아버지 옆에 있던 넝쿨손이 요동치며 주둥이를 벌렸지만 시훈이에게 달려들지는 않았다. 놈들은 승패가 이미 판가름 났다는 걸 알았다. 이제 수십 개의 넝쿨손 중 하나가 시훈이의 몸을 파고들기만 하면 되었다. 어떻게 종지부를 찍을지 이장 할아버지가 훈수를 두었다.

"그눔아가 스읍, 맨발이네예. 발바닥으로 파고들면 스읍, 쉬울 깁니더."

그제야 시훈이는 답을 알아냈다. 저 많은 놈들을 하나하나 상대할 게 아니라 이장 할아버지를 해치워야 했다. 그는 칡의 눈이자 뇌였다. 잇몸과 혀뿌리에 진한 피맛이 번질 즈음 줄기가 끊어져 나갔고, 할아버지 옆에 있던 넝쿨손이 바닥으로 추락했다. 이제야 답을 찾았는데, 할아버지 몸에 달린 칡줄기만 끊으면 되는데 문제는 거기까지 갈 수가 없다는 점이었다. 시훈이는 이미 칡넝쿨에 에워싸인 상태였다.

시훈이는 엄마 아빠를 생각했다. 엄마 아빠는 패배자가 아니었다. 싸우고 또 싸우다가 지쳤을 뿐. 시훈이는 시아가 자신을 패배자로 기억할까 봐 속상했다. 담요 하나 못 챙겨다 주고 칡밭에서 죽은 오빠라고 말이다. 한시아, 오빠가 그렇게 맥없이 진 건 아니야. 담요 꼭 갖다 주고 싶었다고. 목 안이 뜨거워졌다. 하루 종일 끈끈하던 시아의 손바닥과 정수리에서 나는 시큼한 땀 냄새, 그 고약하던 것들이 그리워질 줄은 몰랐다. 주변 사람의 혼을 쏙 빼놓을 정도로 시끄러운 울음소리까지도…….

그리고 그 순간, 시아의 울음만큼이나 강한 소음이 시훈이를 덮쳤다. 시훈이는 칡 잎사귀가 무성한 쪽으로 기어갔다. 맨발을 숨길 곳을 찾아야 했다. 이장 할아버지가 뭐라 뭐라 소리를 질러 댔지만 지독한 소음에 가려져 잘 들리지 않았다. 가까스로 덤불에 다다른 시훈이는 바닥에 엎드린 채 몸을 말았다. 위이잉! 하는 소음 속에서도 넝쿨손들은 술렁이는 바람으로 제 존재를 알려 왔다. 근처의 줄기들이 지그재그로 마구 당겨졌고, 뭔가가 시

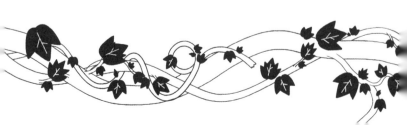

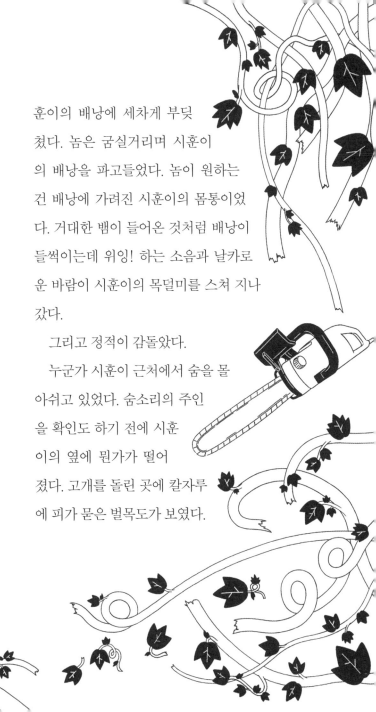

훈이의 배낭에 세차게 부딪
쳤다. 놈은 굼실거리며 시훈이
의 배낭을 파고들었다. 놈이 원하는
건 배낭에 가려진 시훈이의 몸통이었
다. 거대한 뱀이 들어온 것처럼 배낭이
들썩이는데 위잉! 하는 소음과 날카로
운 바람이 시훈이의 목덜미를 스쳐 지나
갔다.

그리고 정적이 감돌았다.

누군가 시훈이 근처에서 숨을 몰
아쉬고 있었다. 숨소리의 주인
을 확인도 하기 전에 시훈
이의 옆에 뭔가가 떨어
졌다. 고개를 돌린 곳에 칼자루
에 피가 묻은 벌목도가 보였다.

"갖고 다녀."

청아 이모였다. 이모는 낡은 리어카를 등진 채 전기톱을 메고 있었다.

"이…… 이모……."

피투성이가 된 손과 전기톱, 무표정한 얼굴이 영화 속 연쇄 살인마 같았다. 하지만 이모는 살인마가 아니라 돌연변이 쥐 사냥꾼이었다. 우수수 잘려 나간 넝쿨손들이 그 증거였다.

"청아 니도 스읍, 참말로 어지간하다. 이 좋은 세상 같이 누리고 살자꼬 스읍, 내가 멫 번이나 일렀는데 스읍, 계속 이럴 기가?"

어느덧 이장 할아버지는 시훈이 바로 위쪽 3미터 상공에 떠 있었다. 할아버지의 몸 아래에는 넝쿨손들이 흔들거렸다. 할아버지와 이어진 줄기를 지키려는 것이었다.

"너는 리어카 끌고 마을 입구 쪽 공터로 가."

청아 이모가 발끝으로 시훈이를 툭툭 치며 소곤거렸다.

"왜, 왜요?"

하지만 청아 이모의 눈초리엔 짜증이 역력했다. 이 자식아, 눈치 없이 되묻지 말고 빨리 좀 움직이라고!

"느그 둘, 스읍, 뭘 그리 씨부리 쌌노?"

이장 할아버지의 말을 듣고서야 시훈이는 청아 이모의 의중을 이해했다. 시훈이가 장벽 앞 공터로 가야 하는 이유는 할아버지가 알아서는 안 되는 사실이었다. 시훈이는 벌목도와 배낭을 차례로 리어카에 던져 넣었다. 배낭은 바깥 주머니 쪽이 마구 뜯긴 채였고, 그 틈새로 시아의 담요가 보였다. 배낭을 파고든 넝쿨손을 늄늄이가 막아 준 것이다. 담요에 그려진 곰 인형의 볼이 약간 찢어졌고, 이 사태를 두고 시아가 어떤 반응을 보일지도 뻔했지만 시훈이는 개의치 않았다. 다시 만날 수만 있다면 녀석의 생떼와 울음 따위는 얼마든지 감당할 수 있을 것 같았다.

시훈이가 리어카를 끌고 공터로 향하자 전기톱 소리가 다시 울리기 시작했다.

6

공터로 가야 하는 이유는 리어카 안에 다 있었다.

삽과 곡괭이, 괭이, 휘발유, 라이터, 정원 가위.

그 조합이 뜻하는 바는 분명했다. 무언가를 캐내어 태워라. 그리고 뭘 캐야 하는지도 분명했다. 이 난장판에서 캐야 할 게 칡뿌리밖에 더 있는가. 하지만 왜 이모는 공터로 가라고 했을까. 칡은 어디에나 자라는데. 리어카 바퀴가 칡 줄기에 걸려 마구 튀었지만 시훈이는 쉬지 않고 달렸다.

비슬 상회 쪽으로 방향을 꺾을 무렵 방울이가 날아왔다. 방울이는 시훈이를 보자마자 입에 물고 있던 걸 툭 떨어뜨렸다. 시훈이의 신발이었다. 방울이는 왕왕 짖으며 꼬리를 흔들었다. 작고 통통한 배 아래로 피에 물든 줄기가 늘어졌다. 시훈이도 리어카를 세웠다.

"방울아……."

방울이는 허공에서 뱅글뱅글 돌았다.

"그래, 나도 반가워."

방울이가 부산을 떨수록 더 많은 피가 줄기를 타고 흘러내렸고 주변의 넝쿨손이 몰려왔다. 시훈이는 천천히 방울이에게 다가갔다.

"방울아…… 형이 미안해."

시훈이는 정원 가위로 방울이의 줄기를 잘랐다.

툭!

방울이는 그대로 칡덤불로 추락했고 시훈이에게 달려들던 넝쿨손도 다시 바닥으로 내려갔다. 방울이는 바닥에 엎드린 채 숨을 헐떡거렸다. 칡의 생명력이 떠나 버린 방울이는 몸조차 가누지 못했다.

"너만 두고 가서 미안해. 이럴 줄 알았으면 어젯

밤에 너도 데려가는 건데."

시훈이는 방울이를 품에 안았다. 방울이는 그렇게 떠났다. 시훈이는 아직 몸이 다 식지 않은 방울이를 칡덤불에 내려놓고 일어섰다.

장벽 너머로 금발의 군인이 보였다. 군인은 시훈이를 노려보고 있었다.

그러거나 말거나 시훈이는 공터에 리어카를 세웠다. 이모가 공터를 지목했으니 공터의 칡을 캐야했다. 이유는 모르지만 반드시 공터의 칡이어야 했다. 칡뿌리 캐는 법은 상식 수준에서 접근하기로 했다. 줄기는 뿌리에서 뻗어 나왔으니 줄기를 넝쿨손 반대 방향으로 더듬어 가면 뿌리가 있을 터였다.

괭이를 한 손에 들고 바닥을 살피던 시훈이는 줄기가 모두 한곳으로 향한다는 사실을 발견했다. 그건 청아 이모가 시훈이를 공터로 보낸 이유였다.

비슬 마을을 덮어 버린 칡은 모두 하나의 뿌리에서 뻗어 나온 것이었다. 뿌리는 거짓말처럼 너른 공터의 정중앙에 있었다. 삽시간에 마을을 삼키기에 최적의 장소였다. 다행히 사건의 경위를 물어볼 상대가 있었다.

"아저씨, 그 선별적 제초제 정체가 뭐예요? 이런 돌연변이가 생길 줄은 몰랐던 거예요? 아니면 알면서도 사람 사는 동네에 들이붓게 내버려 둔 거예요? 젠장! 대답 좀 해 보라고요!"

그러자 금발의 군인이 뒤쪽을 돌아보며 뭐라고 소리를 질렀다. 잠시 후 장벽 너머에서 또 한 명의 군인이 나타났다. 이번에는 평범한 인상에 안경을 쓴 우리나라 군인이었다.

"왜 우리 동네에 이런 일이 생긴 거예요? 이 망할 칡을 왜 두고 보고만 있는 거냐고요!"

시훈이가 소리쳤다.

"허튼짓하지 말고 거기서 물러나."

허튼짓……. 일말의 의심이 확신으로 바뀌는 순간이었다. 군인들은 이 재난의 원인을 알면서도 뿌리를 캐낼 생각은 없었다.

"왜요? 아저씨 눈에는 이 괴물 칡이 무슨 산삼으로 보여요?"

안경을 쓴 군인은 헬멧을 잠시 만지작거리고는 소리쳤다.

"얌전히 굴겠다고 약속하면 구해 줄게. 사다리 내려 줄 테니까 그냥 올라와."

말이 끝나기 무섭게 군인은 줄사다리를 장벽 아래로 늘어뜨렸다. 칡밭에 갇힌 시훈이를 시아와 할머니에게 데려다줄 동아줄이었다. 하지만 전기톱 소리가 그치지 않았다. 청아 이모는 시훈이가 칡뿌

리를 캘 시간을 벌어 주는 중이었다.

"제가 1분 1초가 아까운 상황이라서요. 죄송해
요."

시훈이는 정원 가위로 칡뿌리 둘레의 줄기를 하
나씩 끊어 내기 시작했다. 비슬 상회를 등지고 앉
아서 가위질을 계속하는데 장벽에서 금발 머리가
총을 겨눴다. 시훈이도 금발 머리를 올려다보았다.

"쏴, 쏘라고! 치사하게 이런 풀때기 지키자고 사
람을 죽이려 드냐?"

시훈이가 바라는 인생은 그리 대단한 게 아니었

다. 말썽 안 피우고 불의는 적당히 피해 가면서 하루 세 끼 밥 꼬박꼬박 챙겨 먹기. 그리고 엄마 아빠 시아랑 같이 살기. 거기에 오늘 새로 한 가지가 추가되었다. 청아 이모랑 같이 탈출하기. 마을 회관 쪽에서 전기톱 모터 소리가 그친 게 맘에 걸렸지만 섣부른 결론은 내리지 않기로 했다. 넘겨짚는 건 아까 축사 앞에서의 일만으로 충분하니까.

금발 머리는 천천히 조준경에 눈을 갖다 댔다. 시훈이는 아랑곳 않고 다시 가위질을 이어 갔고 마침내 줄기를 말끔히 잘라 냈다. 가위를 수레에 던져 넣고 괭이를 꺼내 드는데 총성이 울렸다. 비슬 상회의 외벽에서 파편이 튀었다. 시훈이는 휘둥그레진 눈을 하고 장벽을 올려다보았다.

"진짜로 쐈어."

시훈이는 참고 참았던 울음이 터졌다. 엄마가

보고 싶었다. 시아가 태어나기 전, 시훈이와 엄마가 세상에서 가장 죽이 잘 맞던 시절의 애정이 갑작스레 되살아났다.

"엄마! 아들이 죽을 뻔했다고!"

시훈이는 손목으로 눈물 콧물을 훔치고는 다시 괭이질을 시작했다. 파고 또 파 내려가자 칡뿌리가 드러났다. 놈은 칡뿌리라기보다 아름드리나무의 줄기 같았다. 시훈이가 3박 4일을 파도 놈의 뿌리를 뽑을 수 있을지 미지수였다. 문제는 그뿐만이 아니었다. 놈은 다시 줄기를 밖으로 밀어내고 있었다. 실뱀 같은 연초록 줄기가 꾸물꾸물 구덩이를 타고 올라왔다. 당황한 시훈이는 괭이 날로 줄기를 마구 내리쳤다. 하지만 두어 가닥 줄기를 끊어 내는 사이 나머지는 이미 수레가 있는 쪽까지 도착한 뒤였다. 시훈이는 연장을 다시 정원 가위로 바꿔서 줄기를 잘라 내기 시작했다.

빈속에서 쌉쌀한 냄새가 올라오고 목도 탔다. 여름 볕에 달궈진 정수리가 뜨끈뜨끈했고 몸에 익지 않은 연장을 다루느라 손은 상처투성이었다. 가위질 속도가 느려지기 시작할 무렵 오른쪽 손등에 날카로운 통증이 번졌다. 중지와 약지 사이를 넝쿨손이 파고든 것이다. 시훈이는 정원 가위를 떨어뜨리며 비명을 질렀다. 왼손으로 줄기를 잡아당겼지만 소용이 없었다. 시훈이가 죽을힘을 다해 정원 가위를 집으려는데 누군가 선수를 쳤다. 청아 이모였다.

툭!

이모가 줄기를 잘랐다.

시훈이는 풀이 손등에 박혀 있다는 사실에 경악했다.

"이것도 좀 빼 주세요!"

"안 돼. 마구 당겼다간 손이 박살 날 거야."

"그럼 어떡해요?"

"당장 병원에 가야지. 얼른 동네 밖으로 나가. 내가 벌써 네 목숨을 세 번이나 구했잖아. 그게 무슨 뜻이겠니?"

이모는 벌목도로 넝쿨손들을 마구 내리치며 말을 이었다.

"너도 쓸 수 있는 운을 다 썼단 얘기야. 더 뭉그적대면 그땐 진짜로 죽어."

"저도 알아요."

시훈이는 괭이를 다시 집어 들었다. 손등엔 너덜너덜한 칡 줄기가 박혀 있고 줄기를 따라 피가 흘러내렸지만 상관없었다. 시훈이는 다시 칡뿌리 둘레의 흙을 파냈고, 칡뿌리가 육안으로 60센티미

터쯤 보일 무렵 이모가 휘발유를 끼얹고 불을 붙였다. 침뿌리는 짙은 연기를 내며 타기 시작했다.

"이러면 정말 죽을까요?"

"나야 모르지. 그런데 저 사람들도 모르긴 매한가지일 거야."

이모가 턱 끝으로 장벽 쪽을 가리켰다. 금발 머리는 총구는 거둔 상태였지만 여전히 시훈이를 노려보고 있었다.

"할 수 있는 건 다 했으니까 넌 그만 가."

청아 이모는 침밭에 반듯하게 드러누웠다.

"이모는요?"

"난 조금만 쉬었다가 또 기어 나오는지 봐야지."

이모는 손등으로 눈을 가리며 말을 이었다.

"혹시 나가서 동네 사람들 만나면…… 비슬 상회 아줌마한테 말 좀 전해 줘. 전에 내가 그 집 쌀독에 손을 댄 적이 있거든. 그때……."

　지난 15년간 비슬 마을 유일의 범죄 사건이자, 성당지기 막내딸의 절도 사건으로 알려진 그 일의 내막은 이랬다. 15년 전 성당지기 막내딸 윤청아에 겐 어른들이 모르는 취미가 하나 있었다. 바로 신부님만 들어갈 수 있는 고해소에 들어가서 노는 것이었다. 그날도 고해소에 들어가서 만화책을 읽는데 누군가 고해소 문을 열고 들어왔다. 얇은 나무 판자 가림막 저편에 윤청아가 있는 줄은 꿈에도 모르고서 상대는 비밀을 털어놓았다. 고해소에 신부님이 없다는 걸 아는 터라, 거의 혼잣말에 가까운 고백이었다. 고백의 내용은 아들 둘을 데리고 죽을 예정이며, 독약은 빈 쌀독에 넣어 두었다는 것.

　청아가 비슬 상회 안채의 쌀독을 뒤진 건 다음 날 저녁이었다. 비슬 상회 큰아들에게 들켜 도둑으로 몰렸지만 청아는 박카스병 사이즈의 독약병을 제 옷 속에 감춘 뒤였다. 전날 고해소를 찾았던 이는 비슬 상회 사장 아주머니였고 청아가 독약을 꺼낸 이유는 간단했다. 비슬 상회 큰아들을 남몰래 좋아했던 것이다. 하필 그 애한테 들켜서 쌀 도둑이라는 누명을 쓰긴 했지만, 그 애를 살려서 좋았다.

"그때 꺼내 온 독약은 내가 잘 처리했으니까 내 몫까지 열심히 살아 달라고 전해 줘."

칡뿌리는 여전히 타고 있었고 청아 이모는 그렇게 긴 이야기를 마무리했다.

"그런 부탁 싫어요. 남의 진실 같은 거 이제 지긋지긋해요. 그 얘긴 이모가 직접 전하세요."

시훈이는 청아 이모를 리어카에 실었다. 청아 이모는 이제 기력을 다했는지 리어카에 눕자마자 정신을 잃은 듯했다.

살아 있는 넝쿨손들은 사라졌으나 칡넝쿨은 아직 시들지 않았다. 시훈이는 벌목도로 길을 내며 리어카를 끌었다. 공터를 빠져나와 놀이터로 접어들기 직전 시훈이는 장벽 쪽을 돌아보았다. 금발 머리는 보이지 않고 안경 쓴 군인 혼자 시훈이를 지켜보고 있었다. 시훈이는 어딘가 막막하고 무력해 보이는 그 눈길을 등지고 걸었다.

김구식 할아버지네 집 앞 비탈길을 지나고 성당 부지를 지나 리어카는 강둑길로 접어들었다. 칡넝쿨이 무성하게 길을 뒤덮었지만 시훈이는 벌목도를 제법 잘 다루었다. 리어카는 마을의 동쪽 강변을 따라 천천히 나아갔다. 군민 체육관과 반대쪽인 줄은 알지만 병원에 가려면 그 길로 가야 했다. 시훈이는 이따금 리어카를 세우고 청아 이모의 생사를 확인했다. 드라마에서 본 대로 코끝에 손도 갖다 대 보고 목도 만져 보았다. 다행히 이모는 살아 있었다. 시훈이가 버려진 페트병에 강물을 떠다가 이모 얼굴에 끼얹었을 때는 가는 목소리로나마 욕도 했다.

강둑이 끝나고 큰 찻길로 접어들 무렵, 비슬 마을 쪽에서 폭발음이 들려왔다. 시훈이는 잠시 걸음을 멈추었지만 뒤를 돌아보지는 않았다. 저 칡밭에 가기 전까진 세상에는 칡을 캔 사람과 못 캔 사람만 있는 줄 알았다. 이제 시훈이는 캘 수 있는 데까지 캐다가 떠난 사람도 있다는 걸 알았다. 끝내 칡을 두고 돌아선 그 사람들은 어찌 지내고들 있을까.

시아가 크면 이 일을 말해 줄 날이 올 것이다. 시아야, 난 결국 칡을 캐진 못했어. 그래도 할 수 있는 데까진 해 봤어. 전에 엄마랑 아빠가 그랬던 것처럼 말이야. 오빠가 담요 가지고 간다. 기다려…….

작
가
의
말

최영희

일이나 인생을 성공했느냐 아니냐로 판가름하는 시선들이 늘 아팠다.
단 한 번의 생을 부여 받고, 애쓰다 사라진 이들의 자취를 되새기고 싶다.
동생의 담요를 가지러 간 시훈이, 돼지우리를 지키던 도사견 준배…
혹은 그 이름들로 대변되는 미약하나 뜨거운 존재들을 위해, 이 책을 썼다.

| 소설의
| 첫 만남 **19**

칠

초판 1쇄 발행 | 2020년 7월 24일
초판 3쇄 발행 | 2021년 11월 22일

지은이 | 최영희
그린이 | 김윤지
펴낸이 | 강일우
책임편집 | 김도연
펴낸곳 | (주)창비
등록 | 1986년 8월 5일 제85호
주소 | 10881 경기도 파주시 회동길 184
전화 | 031-955-3333
팩시밀리 | 영업 031-955-3399 편집 031-955-3400
홈페이지 | www.changbi.com
전자우편 | ya@changbi.com

ⓒ 최영희 2020
ISBN 978-89-364-5929-1 44810
ISBN 978-89-364-5925-3 (세트)